Cara

*Pour Daniel Sanzey, mon gourou théâtre et lecture à voix haute,*
*S. M.*

L'orthographe rectifiée, qui fait désormais référence dans les programmes scolaires, est appliquée dans cet ouvrage.

© 2012 Éditions Nathan, SEJER, 25 avenue Pierre-de-Coubertin, 75013 Paris
Loi n° 49-956 du 16 juillet 1949 sur les publications destinées à la jeunesse,
modifiée par la loi n° 2011-525 du 17 mai 2011.
ISBN : 978-2-09-253392-5
N° d'éditeur : 10246900 – Dépôt légal : mars 2012
Achevé d'imprimer en mai 2018 par Pollina (85400 Luçon, Vendée, France) - 85382

Susie Morgenstern

# la famille trop d' filles

## Cara

Illustrations de Clotka

Nathan

# Chapitre 1

Ce n'est pas sa faute si Cara n'aime pas l'école… Elle a juste l'impression que c'est une perte de temps. Il y a tellement d'autres choses à faire dans la vie, comme parler, crier, sauter, danser, chanter, jouer, brasser de l'air, rire… vivre. Oui, pour Cara, la vie, c'est fait pour vivre !

À l'école, elle a l'impression qu'il ne se passe rien et qu'elle va rouiller sur sa chaise. En fait, il lui faudrait un peu plus d'action. Ça ne la dérange pas de seconder Anna à la maison, de s'occuper des petits et de corriger les milliers de fautes de Billy, le garçon au pair. Si seulement sa maitresse lui laissait nettoyer la classe, ranger les livres, même laver par terre, tout en l'écoutant... elle est sûre que ça irait mieux ! Mais ça ne risque pas d'arriver.

Et puis, dans le temps qu'elle passe en une soirée à recopier sa dictée, à résoudre ses problèmes de math, à réviser ses leçons, elle pourrait apprendre toute une pièce de théâtre. Car c'est ça, la passion de Cara : le théâtre. Une fois qu'elle connait un rôle par cœur, elle peut essayer différentes façons de l'interpréter, avec des vitesses variées et des intonations intenses, imaginer les gestes du personnage et ressentir des émotions folles. Et alors, elle s'envole.

En classe, l'ennui est un poison qui la ronge,

alors qu'à la maison Cara est heureuse : il y a toujours quelque chose à faire et elle peut apprendre autant de pièces de théâtre qu'elle veut. D'ailleurs, devinez quelle est sa tâche ménagère préférée ? Passer l'aspirateur ! Elle peut en profiter pour crier son texte sans déranger ses six frère et sœurs avec ses tirades...

Quand arrive la fin de la journée, c'est la fête. Et ce soir, c'est deux fois la fête, car non

seulement c'est vendredi (donc il n'y a pas école demain), mais en plus sa mère est de retour à la maison après plusieurs jours d'absence.

– Maman, est-ce que vous venez, papa et toi, à ma pièce de théâtre ? demande Cara.

– C'est quand ?

– Je te l'ai déjà dit cent fois !

– Allez, encore une fois, ce sera la bonne !

– C'est vendredi prochain, à dix-huit heures.

– Eh bien, ma chérie, si je ne suis pas appelée à l'autre bout du monde, j'y serai. Il n'y a rien qui me ferait plus plaisir.

Quand la mère de Cara n'est pas en reportage, elle travaille au siège d'une chaîne de télévision. Et quand son père n'est pas sur les routes, il est dans son laboratoire. C'est comme ça dans la famille Arthur.

Cara ne dit rien, mais elle pense si fort qu'elle

est persuadée que sa mère l'entend : ce qu'elle veut le plus au monde, c'est que ses parents viennent la voir sur scène. Et puis, ce serait trop dommage s'ils n'étaient pas là, vu le mal qu'elle a eu pour soutirer des billets à l'intention de sa « petite » famille adorée...

Au moins, elle est sure que Bella sera là. Avec Anna, c'est celle dont Cara se sent la plus proche. Pourtant, elles sont différentes toutes

les deux. Mais Bella prend sans cesse soin de Cara. Cara fait pareil... seulement, Bella ne veut jamais l'accompagner dans ses sorties. Et ce dimanche, pour l'anniversaire de la copine de Cara, elle ne fera pas d'exception à la règle.

— Tu vas encore t'enfermer dans un livre ! s'agace Cara.

— Mes amis de papier sont moins bruyants que tes copines glousseuses !

– Tes amis ! Appelle-les quand tu auras besoin d'eux ! Pire que des fantômes !

Flavia soutient Cara... dans un premier temps :

– ça ne sert à rien de lire ! Remarque, le théâtre ne sert à rien non plus !

Flavia pense que rien ne sert à rien. Elle est contre tout ! Dana, avant que ça dégénère, raconte une blague :

– Deux patates traversent la rue. L'une se fait écraser et l'autre dit : « Oh, purée ! »

Elisa est la seule à rire... Cara, elle, a beau essayer de ne pas y penser, elle sait que la fête de sa copine est le dernier moment joyeux avant une nouvelle semaine d'école à mourir d'ennui. Et vu son impatience à l'idée de monter sur les planches, vendredi lui parait encore très loin, et la semaine à venir encore plus longue...

## Chapitre 2

Vendredi matin, le jour de la représentation, c'est le branlebas de combat dans la maison. Anna s'assure que la fratrie est vêtue convenablement. Malheureusement, « convenablement » ne signifie pas « élégamment ». Les parents Arthur achètent tout sur Internet, ce qui veut dire pas d'essayage dans les magasins et pas de longues hésitations devant les miroirs. De toute façon, Anna et Gabriel sont les seuls à avoir des vêtements neufs.

Les autres héritent des vieux habits de leurs ainées. Et comme leurs parents ne choisissent que des choses qu'ils considèrent comme utiles et durables, la mode est leur dernière préoccupation. Heureusement qu'il y a Grand-Mère Léo pour acheter quelques fantaisies à chacun. Pour son spectacle, elle a d'ailleurs offert à Cara une robe digne des plus grandes comédiennes.

Pour le reste de la fratrie, Anna a fait de son mieux. Elle a tout organisé pour le soir : elle-même ira chercher Gabriel, et Bella s'occupera de rassembler les filles pour les amener au centre culturel.

Les gouters sont rangés dans les cartables. Tout est prêt. Seulement, les parents, qui ont été à la maison toute la semaine, sont introuvables. Flavia jette un coup d'œil dans la rue. La voiture a disparu.

– Ils étaient bien là hier soir pourtant, dit Elisa. Ils sont venus nous souhaiter bonne nuit.

Anna et Dana cherchent un mot qu'ils auraient pu laisser. Rien ! Anna téléphone sur les portables, mais…

*« Vous êtes bien sur le répondeur d'Ariane Arthur, peut-être au bout de la Terre ou entre deux guerres. Si vous laissez un message, je l'écouterai, mais je ne peux pas vous promettre une réponse. »*

*« Ici, c'est Arthur Arthur, ou pas exactement. La vie bouillonnante m'empêche de vous parler pour l'instant, alors zut ! »*

– Disparaitre le jour de mon spectacle, merci les parents ! se lamente Cara.

– Ne pas être là même quand ils le sont, c'est le comble, ajoute Elisa.

Flavia se demande si on peut punir ses parents en les envoyant au coin quand ils se comportent mal.

– Je venir au spectacle, propose Billy, que l'agitation ambiante a réveillé exceptionnellement tôt.

– Mais tu ne vas rien comprendre !

– Je voir Cara sur scène et je comprendre un peu. Et Mary Jane pouvoir venir avec moi ?

– Sophie veut venir aussi ! ajoute joyeusement Anna, qui aimerait inviter son amie.

Tous partent pour l'école en discutant, sauf Bella qui boude. Si cette nouille de Mary Jane vient, il risque d'y avoir un meurtre !

## Chapitre 3

Cara n'a pas le trac pour son spectacle, mais, toute la journée, elle imagine les pires scénarios à propos de ses parents. D'autant qu'il pleut à verse et qu'elle sait que les jours de pluie sont dangereux pour les automobilistes. Où sont-ils donc passés ?

Et pourquoi ont-ils mis leur portable sur messagerie ?

Peu à peu, tout se mélange dans sa tête. Et Gabriel, pourquoi tousse-t-il encore plus que d'habitude ? Ce soir, le public n'entendra même plus les dialogues de la pièce, juste les petits aboiements de son frère.

Et Flavia, pourquoi est-elle d'humeur si sombre ?

Et Elisa et Dana qui n'arrêtent pas de se chamailler !

Il y a des moments où Cara aimerait vraiment être enfant unique, comme Sophie.

Elle se demande même si ce ne serait pas mieux d'être carrément orpheline plutôt que

d'avoir des parents qui vivent leur vie, qui disparaissent et réapparaissent sans prévenir, qui pensent que ce rouquin qui baragouine en *english* suffit à leurs enfants...

Et puis, la journée en classe est encore plus insupportable que d'habitude.

Il y a une remplaçante. Or, Cara désirait inviter sa maitresse à son spectacle. Elle aurait voulu lui montrer qu'une élève nulle peut briller ailleurs qu'à l'école. Mais sa maitresse a disparu, tout comme ses parents. Si d'ordinaire Cara n'arrive déjà pas à se concentrer sur les leçons, aujourd'hui c'est encore pire.

Elle répète son texte dans sa tête, frustrée de ne pas pouvoir le réciter à voix haute. Du coup, quand la remplaçante lui demande soudain de répondre à une question, Cara est incapable d'émettre un son. La matinée s'écoule comme du sable mouillé dans un vieux sablier. Les secondes et les minutes semblent former d'énormes nœuds.

Quand midi sonne, Cara a l'impression d'avoir passé une vie entière dans cette salle de classe. Vite, elle se réfugie auprès de Bella dans la cour, en attendant la cantine. Elles sont bientôt rejointes par Dana. Au moins, quand on a des sœurs, on n'est jamais en panne d'amies.

Les filles sont affamées.

– Il y a des filets de poisson et des salsifis au menu. Immonde !

Dana adore répéter les expressions que leurs parents utilisent quand leurs envies gastronomiques ne correspondent pas à la réalité de leur assiette.

Les filles se ruent sur le pain et ne touchent ni aux salsifis ni au pauvre poisson mort depuis longtemps.

La faim rend la journée de Cara encore plus longue. L'après-midi dure une éternité, pendant laquelle elle pense à tout sauf à ce que la remplaçante essaie d'enseigner. Heureusement, comme tout finit par arriver si on le souhaite très fort, la sonnerie retentit.

Dispensée d'attendre ses sœurs, Cara ramasse ses affaires et court au centre culturel, où elle demande si elle peut téléphoner à ses parents. Elle se fait toujours du souci pour eux. Cependant, les messageries récitent inlassablement leur annonce :

« *Vous êtes bien sur le répondeur d'Ariane Arthur, peut-être au bout de la Terre...* »

« *Ici, c'est Arthur Arthur, ou pas exactement...* »

## Chapitre 4

Un à un, les jeunes comédiens arrivent au centre culturel, avec leurs parents, eux... Puis tous se préparent, dans une ambiance fiévreuse.

La mère d'un membre de la troupe fait office de maquilleuse. Elle embellit Cara avec du fond de teint, du rouge à lèvres et du fard à paupières. Ensuite, elle souligne ses yeux d'une ligne noire et balaie ses cils de mascara. Enfin, elle la coiffe avec soin. Après tout, c'est Cara qui tient le rôle principal !

Prête à monter sur les planches, la star de la soirée regarde le public depuis une fente entre les rideaux. La salle est pleine à craquer.

Elle aperçoit ses sœurs et son frère au premier rang. Billy est bien là aussi, avec cette pimbêche de Mary Jane. Il a dû utiliser les billets de leurs parents.

On frappe les trois coups et le rideau se lève.

La pièce débute avec un poème récité par trois sorcières. Marie-Louise, Claire et Myriam connaissent bien leur texte.

Cara jette encore un coup d'œil à la salle. Elle voit les parents des trois sorcières, mais pas les siens… Il faut qu'elle se fasse une raison : ils ne viendront pas.

Soudain, comme une crampe, le trac l'envahit.

Elle oublie totalement comment bien respirer. Elle a beau inspirer et expirer comme on le lui a montré, rien n'y fait. Elle a un besoin urgent de faire pipi alors qu'elle sort tout juste des toilettes... Elle ne se rappelle pas la première ligne de son texte... ni la deuxième, d'ailleurs. Sa gorge la brule. Ses mains tremblent et des frissons la parcourent de la tête aux pieds. Quant à son cœur, elle a la sensation qu'il va bondir de sa poitrine.

Son entrée en scène approche. Elle ne peut toujours pas respirer, elle a encore envie de faire pipi, elle bâille sans arrêt. Et sa première phrase a définitivement sombré dans un puits noir sans fond...

Brusquement, l'animatrice lui dit :

– C'est à toi, Cara !

Elle n'a pas le temps de protester, elle est

propulsée sur scène, éblouie par les projecteurs. Bien qu'elle fixe la salle, elle ne voit personne, à part deux ombres qui marchent vers le premier rang, deux ombres qui ressemblent un peu à ses parents disparus...

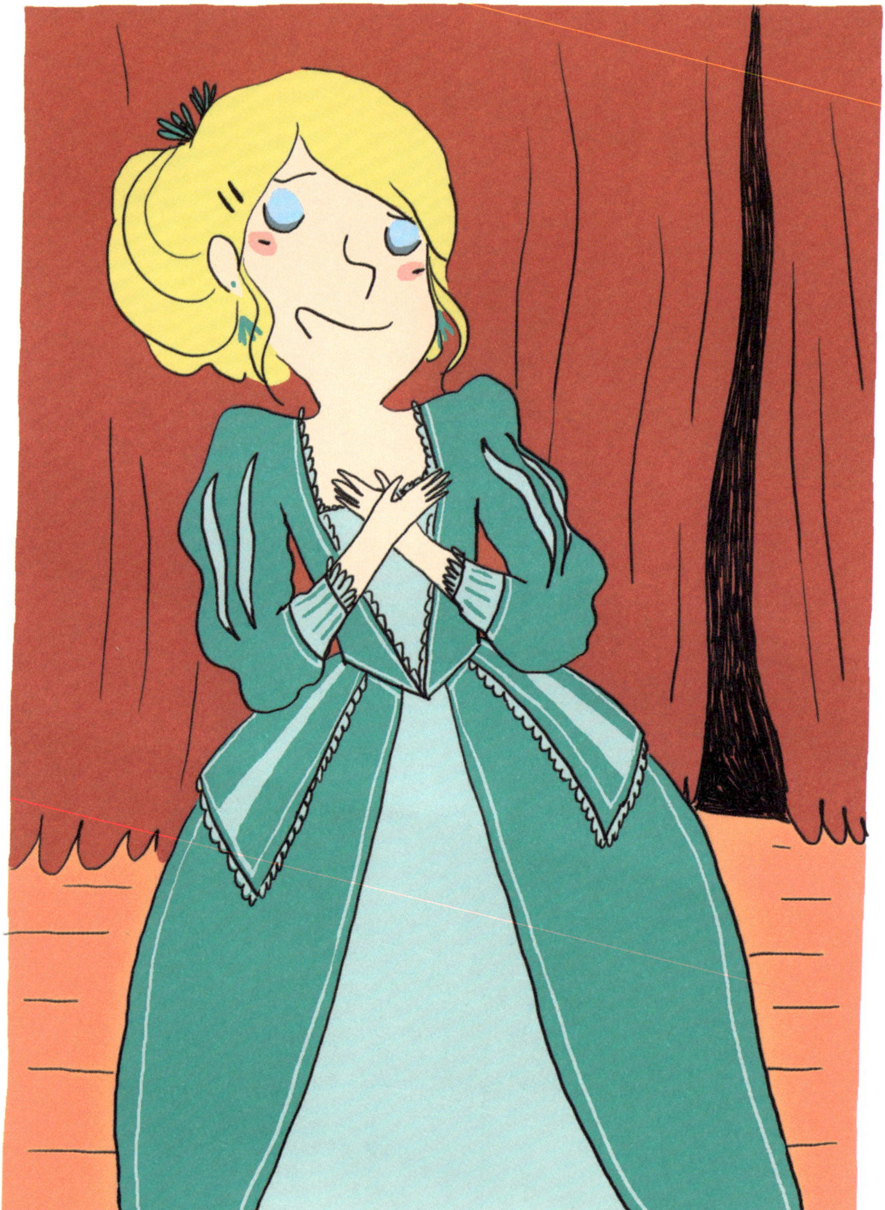

# Chapitre 5

Soudain, les phrases qu'elle pensait oubliées jaillissent de quelque part en elle. Elle n'a plus le trac, elle ne pense plus à rien. Elle est lancée ! Le silence de la salle résonne à ses oreilles comme une douce musique.

Quand elle revient dans les coulisses, l'animatrice lui chuchote « Bravo ! ». Cara adore ce mot.

La pièce se poursuit, jusqu'aux applaudissements finaux. Tous les comédiens se tiennent par la main et font la révérence. À cet instant,

Cara aimerait passer le reste de sa vie sur scène. Elle flotte sur le nuage du succès, elle rayonne. Tout juste sortie des coulisses, elle saute sur le buffet. La journée a été longue.

– Tu as été géniale ! lui dit Anna.

– Brillante ! précise Bella.

Gabriel, Flavia, Elisa et Dana l'entourent en frappant dans leurs mains.

– *Great !* dit Billy, tandis que Mary Jane, la fille qui lui sert de copine, ne parle pas – faire un compliment à quelqu'un est au-dessus de ses forces limitées.

Cara embrasse Gabriel.

– Tu n'as pas toussé !

Et, sans qu'elle s'en aperçoive, ses parents sont là aussi. Ils l'embrassent à leur tour :

– Notre grande actrice ! Nous sommes fiers de toi !

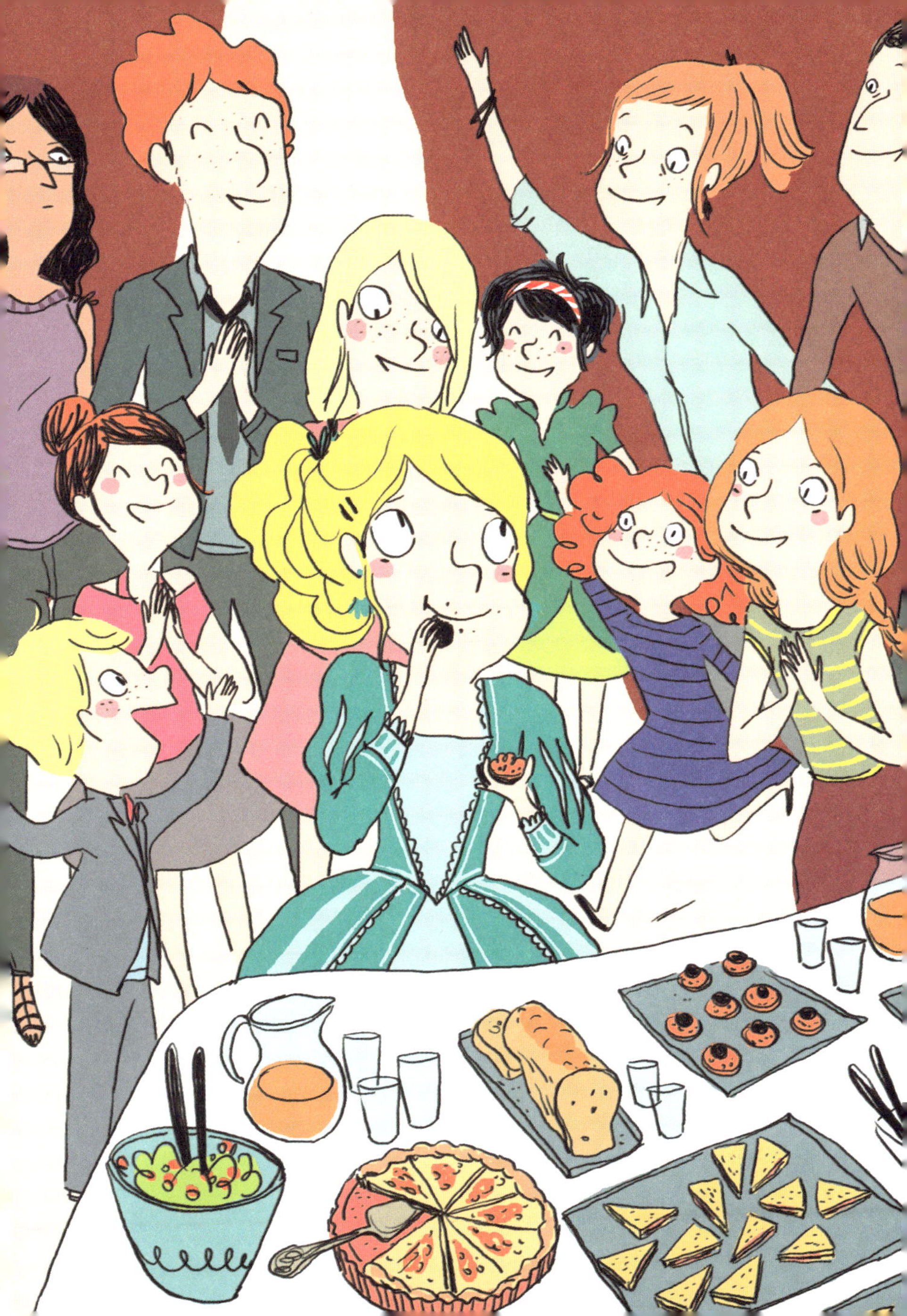

– Vous avez pu voir le spectacle ?
– Oui ! Nous sommes partis très tôt ce matin. Comme ça, nous étions certains d'avoir fini notre travail à temps pour y assister.
– Oh, merci ! C'était mon rêve le plus cher !
– On reviendra quand tu te produiras à la Comédie-Française !

– Personnellement, j'ai entendu dire qu'il fallait être bon élève pour entrer à la Comédie-Française, dit la maitresse de Cara, qui attendait silencieusement derrière le petit groupe.

– Mais vous n'êtes pas malade ? demande son élève, étonnée.

– Non, j'avais une formation aujourd'hui.

Je suis bien contente de t'avoir vue sur les planches ! Tu es douée, Cara. Si seulement tu mettais autant de zèle en classe...
— Il faut vraiment être bonne élève pour devenir comédienne ? l'interroge Cara.
— Ça ne fait jamais de mal ! s'exclame sa maitresse.
Cara réfléchit un instant, puis annonce :
— Dans ce cas... j'ai un nouveau rêve : travailler aussi à l'école, pour être une super comédienne et entrer à la Comédie-Française !

« Il faut toujours croire en ses rêves ! songe Dana. Pourquoi mon rêve à moi n'est pas réalisable, hein ? Comment être unique au milieu de six frère et sœurs ? »

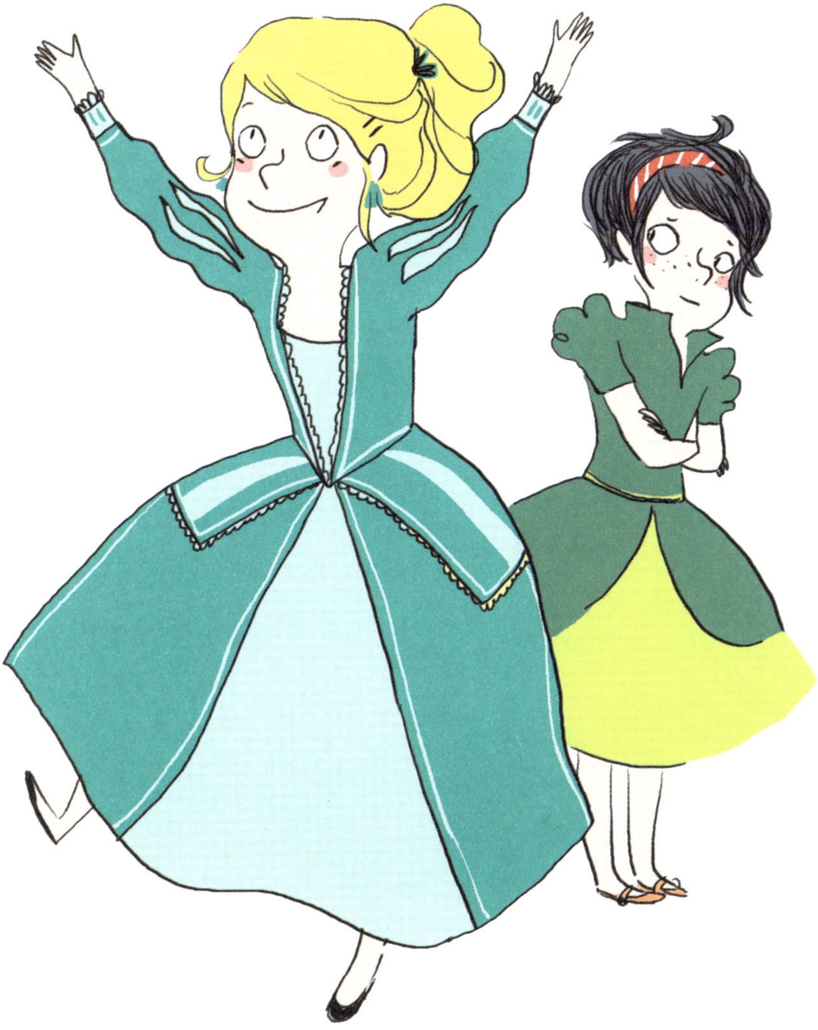

## Table des matières

Chapitre 1 ............................................................................. 7

Chapitre 2 ............................................................................17

Chapitre 3 ........................................................................... 23

Chapitre 4 ............................................................................31

Chapitre 5 ........................................................................... 37

## Susie Morgenstern, l'auteure

Susie est née aux États-Unis. Elle a grandi dans une famille de filles, mais jamais TROP de filles. Et elle a des filles ! Et des petites-filles ! Elle a l'impression de bien comprendre les filles. Pour elle, un garçon, c'est un extraterrestre !
Elle vit en France depuis la fin des années 1960. Elle écrit en français et elle est l'auteure de nombreux romans, dont le titre *La Sixième* (publié aux éditions de l'École des loisirs).

## Clotka, l'illustratrice

Clotka est née dans les années 1980 en Picardie. Sous sa coupe au bol, elle observe la campagne environnante et la dessine sur les murs de sa chambre. Arrivée à Paris, au collège, elle caricature les situations de classe pour se faire des copains. Aujourd'hui, installée en atelier avec d'autres auteurs, elle travaille pour la presse et l'édition jeunesse, la publicité et publie des BD.
Elle aime les vidéos de chatons, cuisiner, râler et être à l'heure.

# Tu as aimé ce roman ?
## Retrouve d'autres romans de la série !

## la famille trop d'filles

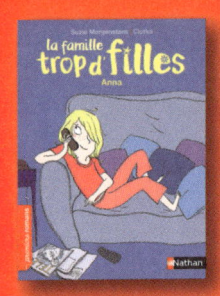

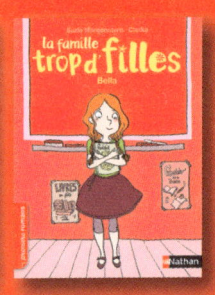

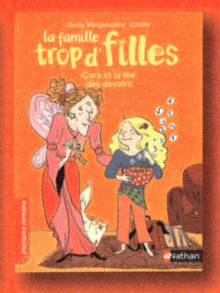

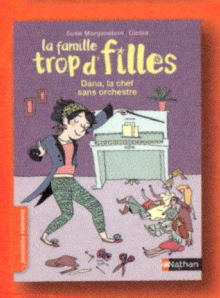

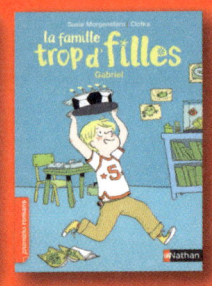

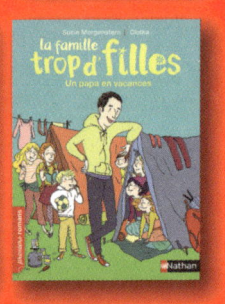

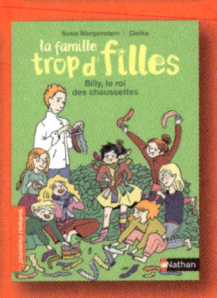

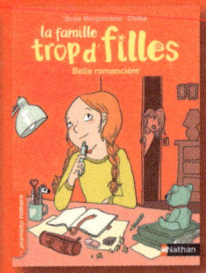

premiers romans